叉燒酥

蔬菜餃子

排蘿糕

鹹水角

芥蘭菜

糯米雞

肉丸

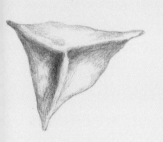

白菜豬肉餃子

鮮肉包

腸粉

煎餃

腐皮捲

鳳爪

粥

生煎包

卷蛋

菠蘿包

綠茶湯圓

椰汁紅豆糕

〔juicy〕002

點心宮殿
DIM SUM PALACE

圖文創作	方選如 X. FANG		
譯者	李仲哲		
副總編輯	洪源鴻		
企劃選書	洪源鴻		
責任編輯	洪源鴻		
封面構成	adj. 形容詞		
版面構成	adj. 形容詞		
行銷企劃	二十張出版		

出版 ── 二十張出版 ── 左岸文化事業股份有限公司（讀書共和國出版集團）
發行 ── 遠足文化事業股份有限公司
地址 ── 新北市新店區民權路 108 之 3 號 3 樓
電話 ── 02‧2218‧1417
傳真 ── 02‧2218‧0727
客服專線 ── 0800‧221‧029
信箱 ── akker2022@gmail.com
Facebook ── facebook.com/akker.fans
法律顧問 ── 華洋法律事務所 ── 蘇文生律師
製版 ── 伊奈特網路印前股份有限公司
印刷 ── 呈靖彩藝有限公司
裝訂 ── 精益裝訂股份有限公司
出版 ── 二○二四年四月 ── 初版一刷
定價 ── 三八○元

Dim Sum Palace by X. Fang
Copyright © X. Fang 2023
This edition arranged with Stimola Literary Studio, Inc
through BIG APPLE AGENCY, INC. LABUAN, MALAYSIA.
Traditional Chinese edition copyright:
2024 Akker Publishing, an Imprint of Alluvius Books Ltd.
All rights reserved.

ISBN ── 978‧626‧74451‧50（精裝）、978‧626‧74451‧29 (ePub)、978‧626‧74451‧36 (PDF)

國家圖書館出版品預行編目（CIP）資料：點心宮殿/方選如（X. Fang） 著/李仲哲 譯
── 初版 ── 新北市：二十張出版 ── 左岸文化事業有限公司
〔juicy；2〕 譯自：Dim sum palace
2024.4 48 面 21.5×28 公分 ISBN：978‧626‧74450‧50（精裝）
1. 圖畫故事書 3-6 歲幼兒讀物 874.599 113003210

DIM SUM PALACE

點心宮殿

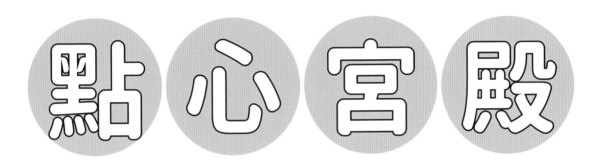

方選如 X. FANG

譯者｜李仲哲

獻給媽媽，她本身就是一位點心女皇

莉迪等不及要上床睡覺了，
因為明天全家人要去點心宮殿。

「那真的是一座宮殿嗎？
我會在那裡遇到女皇嗎？」莉迪問。

「等明天就知道了！」媽媽回答。
「晚安，我的小湯包。」

莉迪實在太興奮了，一點都睡不著。

接著，一股香味飄進她的房間。
「那是什麼味道？」她很好奇。

莉迪爬下床,走出房門,

來到了點心宮殿。

她沿著香氣，穿過花園和走廊，

來到一間廚房，

有兩位廚師正忙著做點心。

裡面滿是包子和粥，
還有餃子、燒賣和好多的甜點！

看起來都非常可口！

莉迪打算嚐一口，卻滑了一跤，

意外跌入肉餡裡面！

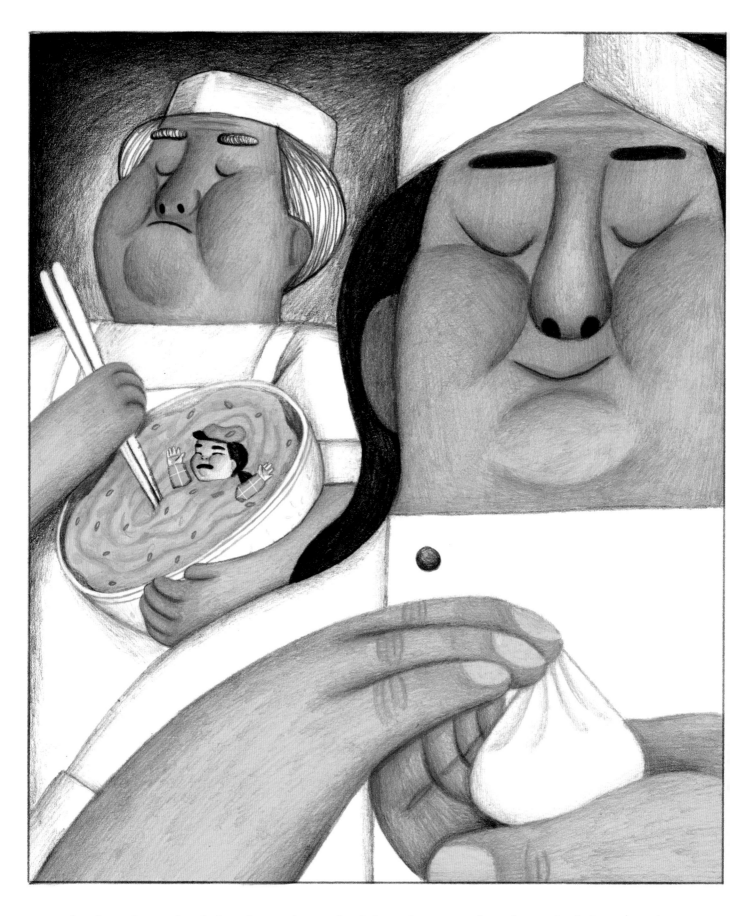

廚師們太忙碌，根本沒發現小女孩掉進去，

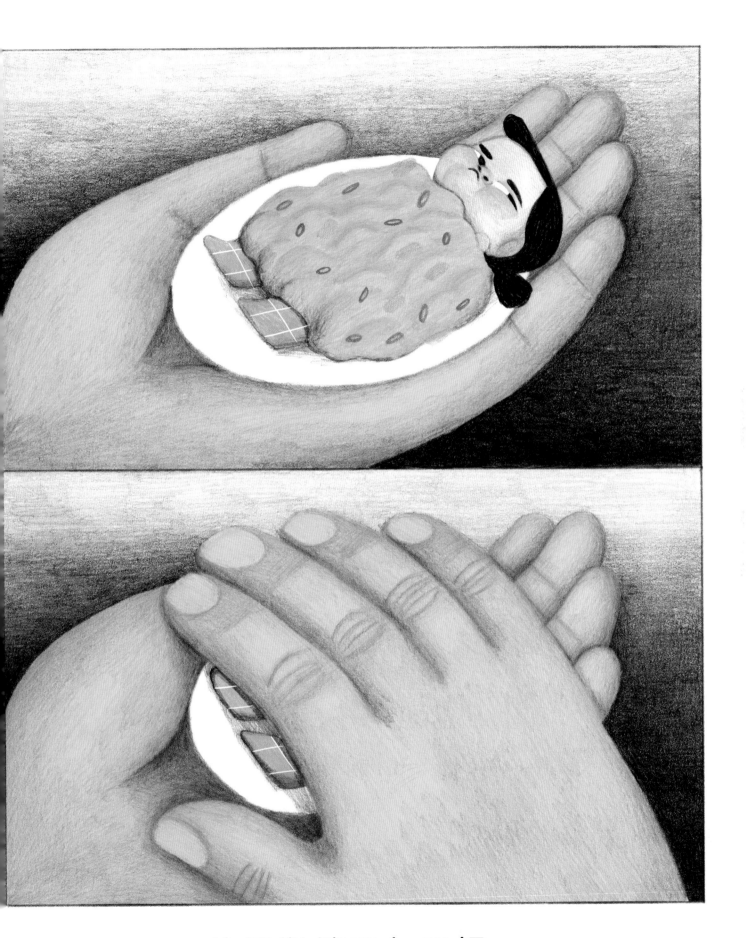

他們繼續又包又捏。

莉迪不小心被包進了湯包……

而且看起來和真正的湯包一樣可口！

女皇在戶外的席位等著點心上桌。

她餓極了。

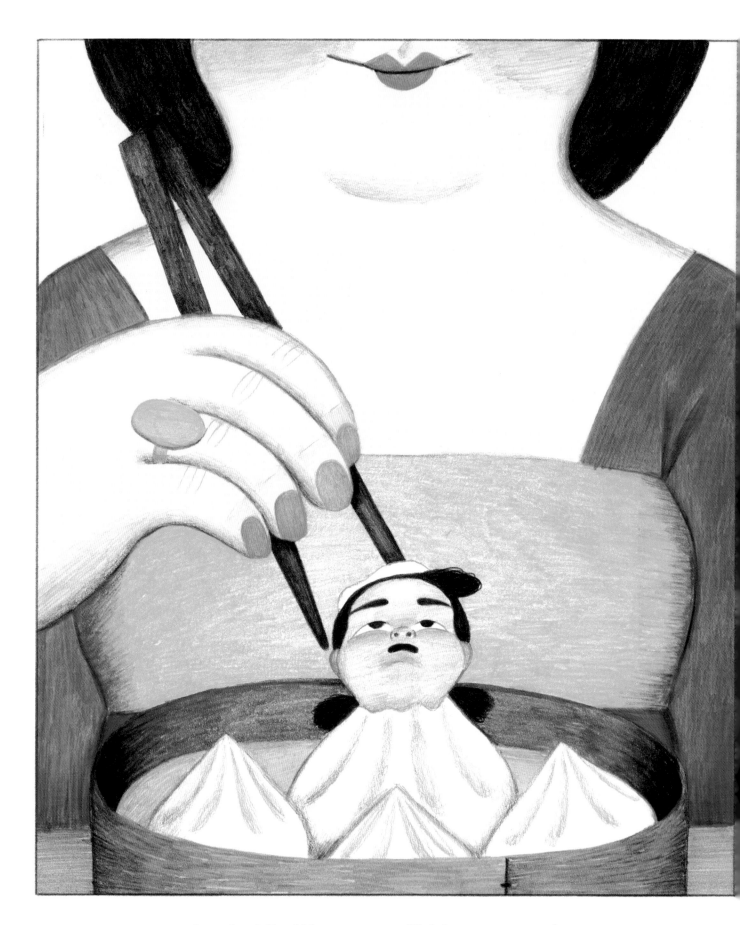

女皇準備要品嚐第一口時，

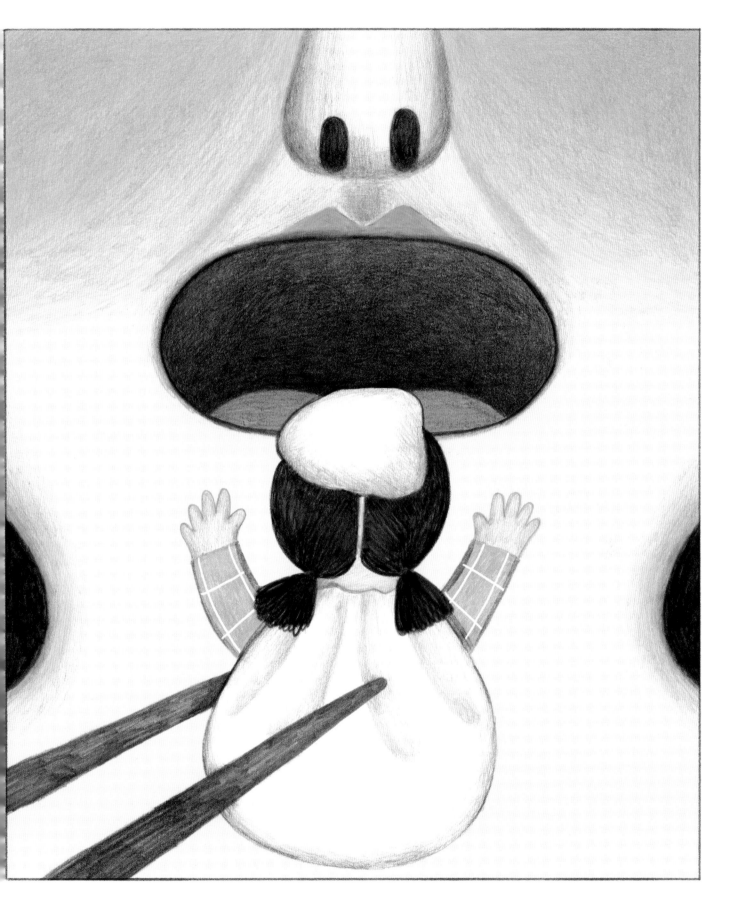

莉迪大喊:「**等一下**!別吃我!」

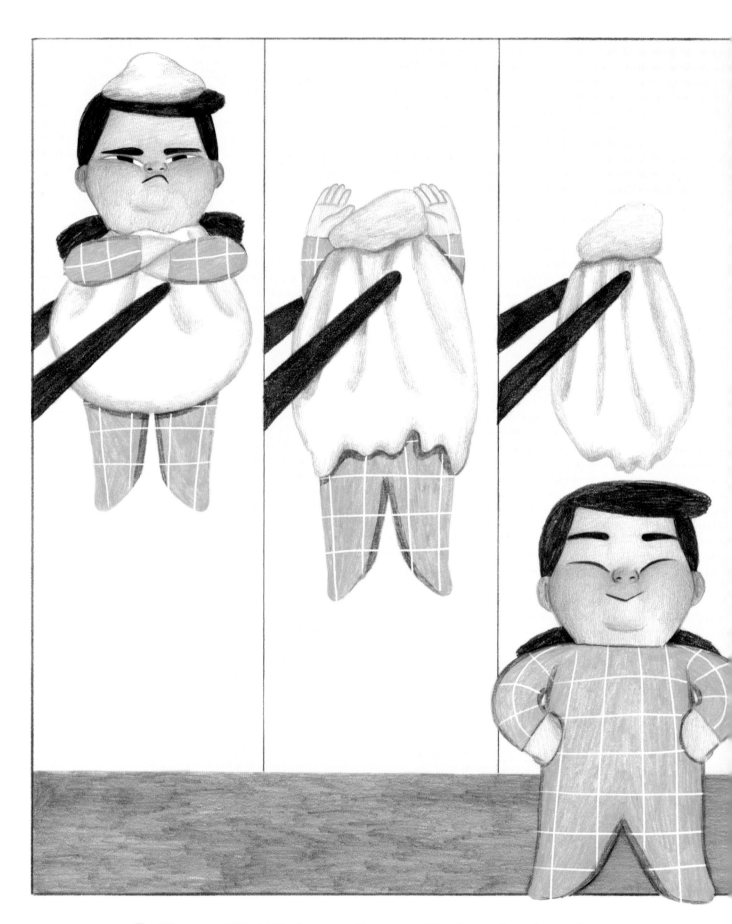

「我不是湯包！我只是個小女孩！」

「哎呀，還真的是個**小女孩**！」女皇說。

被包成湯包，讓莉迪也非常餓。

女皇邀請莉迪留下來嚐嚐點心，
她很開心地接受了。

真是美味！

莉迪一口接一口，
直到肚子撐得又圓又脹。

她躺在溫暖的包子上，

進入夢鄉。

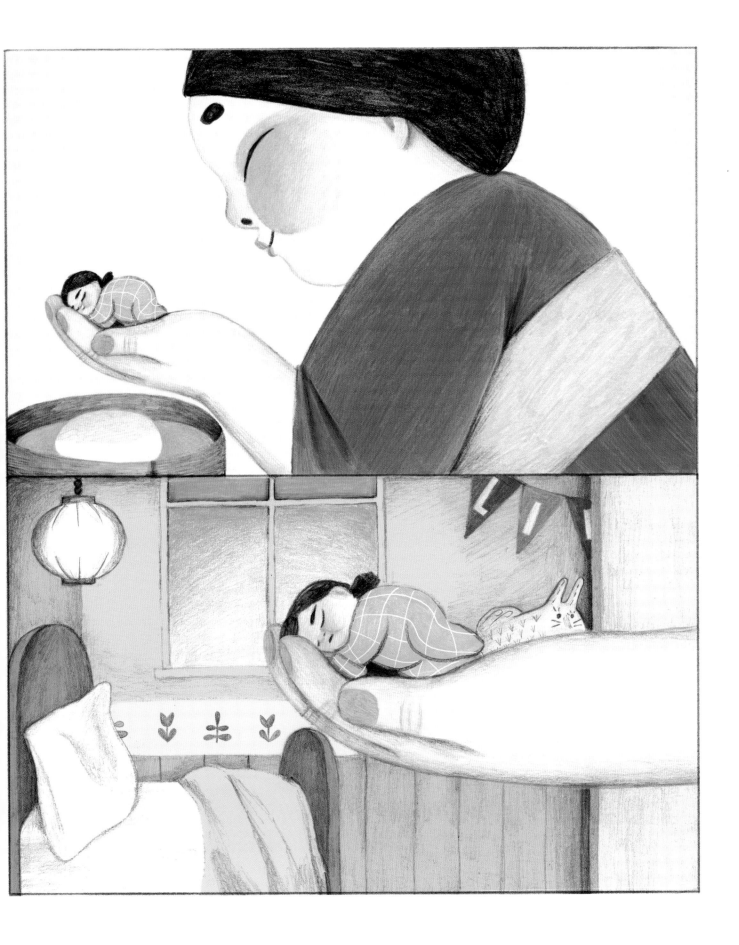

醒來時，莉迪發現自己回到了床上，

而且還想吃更多的點心。

原來真正的「點心宮殿」是一間茶樓。

那裡也沒有女皇。

但莉迪一點也不介意，
因為食物的美味勝過一切。

 豬肉餃子

 湯包

 蛋塔

 蝦餃

 芋泥包

 豬肉燒賣

 叉燒包

 芝麻球

 蔥油餅

 奶黃包

 炸芋頭

 豬肉蒸包

 魚蛋

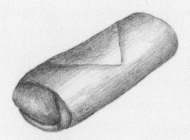 春捲

 雞肉餃子

 脆皮燒肉

 紅豆糕

 蝦仁燒賣

 煎釀茄子

 馬拉糕